La colcha de la abuela

Para mi madre, una maravillosa oma –P. B.
A Clara, Antoine y a las dos maravillosas
abuelas de Édith –S. J.

Dirección editorial: Raquel López Varela
Coordinación editorial: Ana María García Alonso
Maquetación: Cristina A. Rejas Manzanera

Título original: *Oma's Quilt*
Traducción: Sandra López Varela

Text © 2001 Contextx Inc.
Illustrations © 2001 Stéphane Jorisch
Published by permission of Kids Can Press Ltd., Toronto, Ontario, Canada.

© EDITORIAL EVEREST, S. A.
Carretera León-La Coruña, km. 5 - LEÓN
ISBN: 978-84-241-8644-9
Depósito Legal: LE. 210-2003
Printed in Spain - Impreso en España

EDITORIAL EVERGRÁFICAS, S. L.
Carretera León-La Coruña, km. 5
LEÓN (España)
www.everest.es

La colcha de la abuela

Paulette Bourgeois

Ilustrado por
Stéphane Jorisch

4

Echamos un último vistazo a la casa de Oma
de la calle Arce.

La casa está vacía, pero todavía se siente el
olor a sopa de repollo, a masa recién horneada,
a cera de limón y a vinagre.

—He vivido aquí casi toda mi vida —dice
Oma.

—Eso es mucho tiempo —le respondo.

Las cosas especiales de Oma están empaquetadas y almacenadas en nuestro sótano. Hay cajas y cajas, puesto que Oma nunca tira nada. Conserva las camisas de trabajo del abuelo y sus vestidos de antes. Guarda cintas y encajes, cortinas y colchas.

Oma está de pie frente a la ventana de la cocina, mirando el patio de atrás.

—Emily. Oma. Ya es hora de marcharse —dice mamá.

Mientras el coche se aleja, Oma no deja de mirar hacia atrás.

Oma se muda a la residencia de la tercera
edad "Vista del Bosque". Cuando entramos
en su nueva habitación, mi mamá le
pregunta:

—¿Qué te parece?

Oma mira por la ventana el río y los sauces
llorones.

—En la calle Arce no había mucho que
ver —dice—. Pero la Sra. Mostowyk
siempre me saludaba con la mano cuando
salía a tender la ropa.

Vamos juntas a dar una vuelta por el edificio. Vemos una enorme cocina donde un cocinero prepara la comida.

Mamá le dice a Oma que ya no tiene que volver a cocinar.

—Me encanta cocinar —dice Oma—. El abuelo decía que nadie hacía el hojaldre de manzana como yo.

—Puedes hacer hojaldre de manzana en nuestra casa —le digo.

Oma sonríe y me da una palmadita en la mano.

La residencia "Vista del Bosque" me parece
bonita. Hay flores por todas partes, una sala
para pintar y otra para hacer cerámica. Hay
una biblioteca y un enorme tablón de anuncios.
¡Y hasta juego de bolos todos los miércoles!

Antes de terminar nuestro recorrido, Oma se
siente cansada y quiere acostarse un rato.

De vuelta a casa, mamá está muy callada.

—Creo que a Oma no le gusta la residencia —digo—. Creo que echa de menos la calle Arce.

Parece que mamá va a ponerse a llorar.

—No te preocupes —me dice—. Todo saldrá bien.

Y de la misma forma que ha hecho Oma antes, mamá me da una palmadita en la mano.

Oma se pasa los días sentada en una silla en su
habitación. Dice que la comida tiene un sabor
raro, que nadie sabe hacer hojaldre de manzana
y que sirven habas dos veces por semana.

Dice que no puede dormir en una cama extraña. Oma llama al resto de los ancianos atajo de papanatas.

¡Papanatas! Yo me río y lo repito en voz alta.

PAPANATAS

En casa, mamá y yo nos ponemos a revisar las cosas de Oma.

—Haremos dos montones. Las cosas que nos quedaremos y las cosas que regalaremos.

—¿No podemos quedarnos con todo? —pregunto.

—¡Emily! —dice mamá, riendo—. ¡Cómo te pareces a tu abuela!

Me pruebo viejos vestidos y sombreros raros.

Le enseño a mamá una camisa de franela con pintura en los puños. Era de mi abuelo. Mamá la acaricia con ternura.

—No me puedo imaginar para qué guardaba
Oma estas cortinas de cocina —dice mamá.
Me encojo de hombros.
—Quizá le recuerdan la calle Arce.

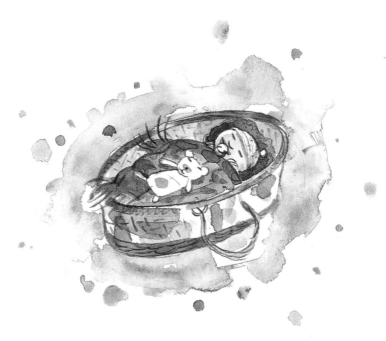

—¡Mira esto! —dice mamá, sosteniendo una manta hecha jirones—. Era de cuando eras un bebé, Emily.

Encontramos el vestido que se puso mamá en su primer concierto de piano.

Al final del día sólo tenemos un montón: el de las cosas que nos vamos a quedar.

Queda una última caja por revisar. Dentro
hay una colcha descolorida.

—Oma la hizo con las camisas usadas del
abuelo —dice mamá.

—Podíamos hacer una colcha usando todas
las cosas que Oma quería de la calle Arce
—sugiero.

—¡Emily! —dice mamá, dándome un
abrazo—. ¡Pero que niña tan lista eres!

Trabajamos en la colcha todos los días
durante semanas y semanas. Aprendo a
cortar y coser sin torcerme. Las yemas
de los dedos me duelen de pinchármelas
con la aguja afilada.

—¡Mira en qué lío nos hemos
metido! —dice mamá.

Pero es la primera vez que se ríe desde
que Oma se ha ido de la calle Arce.

Quiero que el edredón sea una sorpresa,
pero es difícil guardar el secreto.

Oma sigue quejándose. En su habitación
hace mucho frío de día y mucho calor de noche.
Las flores de la entrada le hacen estornudar.
Las pistas de la bolera están todas torcidas y los
zapatos de alquiler huelen mal.

—No te preocupes, Oma —le digo—, todo va
a ir mejor.

Y le doy palmaditas en la mano.

Por fin terminamos la colcha.

Contengo la respiración mientras Oma desenvuelve la enorme caja, saca la colcha y la extiende en la cama. Recorre mis puntadas con la yema de los dedos.

Mamá ha bordado una casa como la de
la calle Arce. Hay un horno para cocer el pan
y hacer hojaldre de manzana, y una ventana con
cortinas que dan a la casa de la Sra. Mostowyk.
Oma la saluda con la mano.

Oma me cuenta la historia de cada pedacito de tela que hemos cosido en la colcha. Se acuerda de cuando bailó en su boda, de contar los compases cuando mamá tocaba el piano y de cuando me envolvió en mi colcha el día que nací.

—La colcha es muy bonita —dice Oma—, está hecha con amor.

Oma todavía sigue quejándose de los papanatas. Pero ha oído que la Sra. Mostowyk puede que se traslade también a la residencia. En el día libre del cocinero, Oma ayuda en la cocina y hace sopa de repollo y hojaldre de manzana. Hasta se ha comprado sus propios zapatos para jugar a los bolos. Oma me dice que cuando echa de menos la calle Arce, se envuelve en su colcha y se siente como en casa.